Herstellung und Verlag
BoD-Books on Demand Norderstedt
Urheberrecht: Autor Horst Pfeil
Umschlaggestaltung und Satz: Marja Reher
Marketing: www.books-for-users.de
1. Auflage 2018

ISBN 978-3-75-288649-8

Wie ich mit der Krankheit Krebs umging.

Liebe Leser,

für einen Autoren-Wettbewerb des Verlages BoD zur Leipziger Buchmesse 2018 schrieb ich die Kurzgeschichte *Das lustige Krankenhaus.* Daraus entstand dieses Buch. Es erzählt davon, wie ich mit dem Blasenkrebs mit der Malignität III umgegangen bin. Dieser hatte sich 1992 in der Organwand meiner Blase eingenistet, ohne mich vorher zu fragen. Der Begriff *Malignität* wird am häufigsten verwendet, um das Wachstum und Differenzierung von Tumoren zu beschreiben. Der Name Malignität ist die Eigenschaft einer Erkrankung, die einen Organismus innerhalb eines überschaubaren Zeitraums zerstört. Unbehandelt führt diese Krankheit zum Tod.

Bisher hat sich in Brüssel noch keine Institution gewagt, das Eindringen der menschenverachtenden Krankheit Krebs per Gesetz zu verbieten. Wer jedoch das Buch *Eine Welt ohne Krebs* von Edward Griffin gelesen hat, der versteht warum auch in Zukunft nichts geschehen wird! Über fünfundzwanzig Jahre habe ich in der Öffentlichkeit über meine damalige Krebskrankheit geschwiegen. Heute schreibe ich darüber. Vielleicht kann ich mit meiner Erzählung den Menschen, die ebenfalls von dieser schrecklichen Krankheit befallen sind, ein wenig helfen. Für mich war es wichtig geworden, sich nicht aufzugeben.

Es fiel mir nicht leicht, nach mehr als Zweijahrzehnten ein Buch über die eigene Krebskrankheit zu schreiben. Es vergingen Tage, um mit meiner Frau und guten Freunden über mein Vorhaben zu sprechen. Oft tauchte die Frage auf, willst du dir das wirklich antun? Meine innere Stimme sagte mir „ja, mache es." Es gibt viele Autoren, die zu diesem Thema bereits geschrieben haben. Mein Schreibstil mit ein paar humorvollen Umschreibungen, wird Sie, den Lesenden, zum Schmunzeln bringen. Die erlebten Jahre nach dem Ausbruch meiner Krebskrankheit haben mein Leben verändert. Es gab Dinge, die ich vorher für wichtig erachtete. Als ich aber erfahren durfte „Du hast Krebs", entstand eine andere Gewichtung. Bewusst wird von mir das Wort ich will wieder und nicht ich möchte wieder gesund werden, benutzt. Meine Kurzgeschichte vom Autoren Wettbewerb zeigt schon am Anfang des Buches: ich will wieder gesund werden.

Ihr oder Euer Horst Pfeil

Buchholz, im Juli 2018

Vor und nach der OP

Die ersten Tage im Januar 1993 führten zwei sich nicht kennende männliche Wesen zusammen. Der eine Gymnasiallehrer und der zweite Techniker in der Elektrotechnik. In einer Privatklink in Bad Schwartau wartete auf sie der OP-Tag. Der Lehrer über 60 Jahre alt und Verdacht auf Prostatakrebs. Der 57 jährige Techniker Verdacht auf Blasenkrebs. Anstatt Frühstück am Morgen, lagen auf ihren Nachttischen die weißen Strümpfe. Man könnte sie auch auf Grund ihrer Länge „männliche Reizwäsche" nennen. Desweiteren das lange, leicht gestärkte und sehr sorgfältig gefaltete OP-Hemd mit Band am oberen Rand.

Diese beiden Maskulinen waren nach ihrer Geburt zum ersten Mal wieder im Krankenhaus. Sorgfältig legten sie ihre metallischen Dinge in eine Schale, zogen die Reizwäsche über ihre wohlgeformten Männerbeine. Beim Kittel gab es etwas Schwierigkeiten mit dem Band am oberen Rand. Beide saßen nun voller Erwartung auf ihrem fahrbaren Bett. Die Zimmertür ging auf, Schwester Tamara kam herein. Sie sah auf die Wartenden. Ihr Gesicht verwandelte sich in leicht rötliche Farbe, fing an zu prusten, hielt dabei die Hände vor ihr hübsches Gesicht, ging zu Tür und rief um Hilfe. Oberschwester Margitta und vier weitere Schwestern betraten nun den Raum und schüttelten sich vor Lachen. Saßen doch ihre

Patienten, die Beine nach unten gestreckt, die Kittel vorn und offen und nicht hinten zugemacht. Bei einer aufrechten Körperhaltung und leicht geöffneten Kittelspalt, konnten die sonst gut geschützten Schamstellen das Licht der Welt erblicken.

Margitta befahl jeweils zwei Schwestern, den beiden Maskulinen beim Ausziehen und richtig Anziehen der Kittel zu helfen. Von dieser Stunde an waren die Zwei auf der Station B für ihre Späße bekannt. Der Techniker mit den weißen Reizstrümpfen ist heute 81 Jahre alt. Er schrieb bisher vier Bücher über sein facettenreiches Leben, sein Name ist Horst Pfeil.

Am Vorabend der OP wurde mit dem operierenden Arzt ein ausführliches Gespräch über den Eingriff geführt. Ich hatte mich für eine spinale Anästhesie entschieden. Eine Rückenmark-Narkose setzt für den ausführenden Arzt eine große Erfahrung voraus.

Für mich, der gern Musik hört, war es angenehm, bei vollem Bewusstsein zu sein, Beethovens Neunte zu hören und ab unterhalb der Gürtellinie nichts zu spüren. Der bekannte Sportreporter Herbert Zimmermann sprach immer in seinen Sportreportagen von oberhalb oder unterhalb der Gürtellinie. Daraus wurde der Spruch abgeleitet: Alles, was ober- oder unterhalb der Gürtellinie selten gebraucht wird, verkümmert.

7

Am Nachmittag lagen wir beide, mein Bettnachbar und ich, artig in unseren Betten. Wir waren mit verschieden Schläuchen versehen. Bevor die Abend- und Nachtschwestern sich um uns kümmerten, besuchte uns Dr. N., um sich nach unserem Befinden zu erkundigen.

Der nächste Morgen begann bereits um 6 Uhr. Mit dem Schlauch und Beutel aufstehen und sich auf dem Flur bewegen. Danach die männlichen Reizstrümpfe wechseln, was nicht einfach war, da Schlauch und Beutel leichte Behinderungen verursachten. Aber unsere Schwestern waren uns wohlgesonnen. Gegen 7 Uhr konnten wir unser Frühstück vor der Tür an einem Servicewagen selbst zusammenstellen, um danach die Tageszeitung *Lübecker Nachrichten* zu lesen.

Nach vier Tagen wurde ich vom Katheder befreit, es ging aufwärts. Der tägliche Ablauf hatte sich eingestellt, man könnte es den sozialistischen Gang nennen. Da wir zwei lustige Typen waren, kam bei uns keine Langeweile auf. Alle Schwestern und Ärzte taten das, was den Patienten half, wieder gesund zu werden. Aber wurden wir es wirklich? Auf die Diagnose-Ergebnisse mussten wir eine Woche warten. Standen uns beiden Zimmergenossen noch unruhige Tage bevor? Noch wussten wir nicht: haben wir Krebs oder nicht? Auf jedem Fall machten wir am Sonnabendnachmitttag einen genehmigten Spaziergang zum Haus meines Zimmerfreundes. Dieser hatte uns telefonisch bei seiner Gattin zum Kaffeenachmittag angemeldet. Obwohl wir jeden Tag ohne Schlauch den Flur und die Cafeteria aufsuchten, wurden die ersten Schritte auf der Straße sehr gewöhnungsbedürftig. Wir zwei Zimmergenossen durften einen sehr gemütlichen Nachmittag erleben.

Am Sonntagabend kam Dr. N. zur Visite. Er war mit meinem Zustand sehr zufrieden, und ich durfte am Montag das Krankenhaus verlassen.

Ich darf nach Hause

Einer meiner zwei Söhne brachte mich am Montagvormittag wieder nach Hause in mein geliebtes Hamburg. Meine in der OP entfernten Gewebeproben warteten im Labor in der Lübecker Universitätsklinik noch auf ihre Untersuchung. Am Freitagvormittag rief mich Dr. Renner, ein Kollege von Dr. N. an: „Lieber Herr Pfeil, Sie haben hochgradig Blasenkrebs." Das war für mich ein Schlag ins Gesicht. Meine Frau war glücklicherweise zum Einkaufen. Für mich hieß es, am Montag zurück nach Bad Schwartau ins Krankenhaus.

An diesem Wochenende führten mich meine Gedanken, ob ich es wollte oder nicht, noch einmal in mein bisheriges Leben zurück. Mit 57 Jahren hatte ich es bis zum Geschäftsführer gebracht. Das Familienleben stimmte, meine Frau war aus ihrem Berufsleben ausgeschieden. Einer der zwei Söhne hatte eine Familie gegründet. Wir haben zwei Enkelkinder.

Der zweite Sohn lebt nach einem Vers aus dem Gedicht *Das Lied von der Glocke* von Friedrich Schiller: „Drum Prüfe, wer sich ewig bindet. Ob sich das Herz zum Herzen bindet".

„Schwarzes Licht"

Auf einer Firmenfeier stellten, auf Wunsch der Firmeninhaber, die Geschäftsführer ihre Produkte vor. Zwischen meinem Einritt im Jahr 1975 und 1992 wurden aus Abteilungen eigenständige GmbH gegründet. Über Produkte zu reden war nicht mein Ding. Stattdessen sprach ich über *Schwarzes Licht*. Eine Anekdote, die sich bei der Inbetriebnahme einer neuen Stromversorgung auf der Ölplattform Mittelplate ereignet hatte.

Noch viele Jahre danach ging den Technikern der Ruf voraus „Achtung die Schwarzlichter kommen." Am gleichen Abend kam es bei einem Bier an der Theke mit meinem Chef zu einem interessanten Gespräch.

Der Beifall nach dem Vortrag rief bei ihm Nachdenklichkeit oder Vorausschau hervor. Er wolle mit mir die Mittelplate besuchen. Solche Projekte hatten ihn neugierig gemacht. Nach dem zweiten Bier fragte ich ihn: „Zu welcher Tageszeit?" Er war Pferdeliebhaber, aber dachte er auch an die Tide in der Nordsee? Schließlich kam der sognannte *Schlickrutscher* (flaches Schiff) für den *Quiddje* (zugezogener Fremder) bei auflaufenden Wasser nach Friedrichskoog und fuhr bei diesem Wasserstand zur Plattform.

Wie oft sind wir in der Nacht gefahren und am nächsten Tag am Nachmittag mit der Flut zurück gekommen. Die Fahrt mit dem Chef ging morgens hin und nach dem Wasserstand wieder zurück. Auf der Rückfahrt im Auto stellte sich für ihn die Frage: „Sie sind jetzt 56 Jahre alt, wie lange stehen Sie der Firma noch zur Verfügung? Wer soll, wenn Sie nicht mehr da sind, solche Projekte planen und ausführen?" Unser Hauptgeschäft sind normale Sicherheitsstrom-Versorgungen, Batterien für Gabelstapler oder Flurförder-Fahrzeuge mit den entsprechenden Ladeeinrichtungen. Wir einigten uns, dass ich mir Gedanken mache. Von einem großen Hamburger Kunden habe ich meinen Nachfolger, nach langen und zähen Gesprächen, an Land ziehen können. Ein Jahr später, am ersten Arbeitstag im Jahr 1993, durfte ich meinen Nachfolger in unserem mittelständigen Unternehmen vorstellen.

Mit den Erfahrungen nach über 81 Lebensjahren, darf ich heute auf ein interessantes Leben zurückblicken. An jenen Tagen, an denen ich Entscheidungen traf, konnte ich nicht wissen, war es richtig oder nicht. Das tägliche Leben stellt uns Menschen vor Aufgaben, die von uns eine Entscheidung verlangen. Und für diese heißt es auch, die Verantwortung zu tragen. Jeder Mensch ist für sein eigenes Leben verantwortlich.

Blicke ich zurück auf meine Reisen, so hatte ich allen voran, in Peru einen Schutzengel. Haben wir Menschen nicht alle einen Schutzengel? Wir müssen nur daran glauben. Wenn er uns einmal verlassen sollte, dann war es sicherlich ein von uns Menschen selbst verschuldeter Fehler.

Zurück im Krankenhaus

Am Montagvormittag stand ich also wieder im Krankenhaus an der Rezeption. Von einer mir inzwischen bekannten jungen Frau wurde ich freundlich mit Namensnennung begrüßt. Ich war wieder angekommen. Hatte sich doch unsere lustige Krankenhaus-Geschichte in der überschaubaren Klinik herumgesprochen. Schon an der Rezeption wurde dem Patienten das Gefühl vermittelt, in ein familiengeführtes, kleines Hotel zu kommen. Liebe Leser, meine Beurteilung an der Rezeption galt einer jungen hübschen Frau. Da ich nun Stammgast wurde, durfte ich später andere Personen kennen lernen, welche das Gegenteil von Freundlichkeit ausstrahlten. Aber so ist doch unser Leben, oder?

Auf der Station B angekommen, wurde ich wie in der Woche zuvor von der Stationsschwester Margitta empfangen. Mein ehemaliger Zimmernachbar war in der Zwischenzeit nach Hause entlassen, und ich musste ohne Zimmernachbar vorlieb nehmen. Am Abend kam es mit Dr. N. und mir zu einem für mich entscheidenden Gespräch. Er schilderte meine Situation ausführlich wie folgt: „Wir haben Ihnen ein kleines, aber hochgradiges Krebsgewebe entfernt. Es gibt im Moment keinen Hinweis auf eine Metastasierung. Mein Rat, am morgigen Tag entnehmen wir noch einmal Gewebeproben. Gibt es keinen Hinweis auf Metastasen, so empfehle ich Ihnen den Weg der kleinen Schritte. In jedem viertel Jahr sehen wir uns zu einer Blasen Resektion. Im Übrigen müssen wir auch Ihre Prostata schälen".

Der nächste Morgen begann wie vor der ersten OP. Die metallischen Gegenstände wurden sorgfältig in die bereitstehende Schale gelegt. Das Frühstück fiel aus. Die männliche Reizwäsche, sprich Thrombosestrümpfe, lagen zum Anziehen bereit. Der weiße, fein zusammen gelegte Kittel mit dem Band am oberen Rand, befand sich auf dem Beistelltisch. Dieser fragte sich mit Recht: „Schafft es derselbe Patient heute ohne Umschweife und Schwesternhilfe, mich richtig anzuziehen? Diese Ungeschicklichkeit hatte sich bei uns im gesamten Krankenhaus und der Wäscherei herum gesprochen. Wir konnten es nicht fassen, wie blöd doch Männer sein können?" Soweit der Kommentar der weißen Wäsche.

Auf dem fahrbaren Bett sitzend, harrte ich wieder der Dinge. Nach einiger Zeit öffnete sich die Tür, Schwester Tamara betrat das Zimmer. Ihr Lächeln zeigte mir, dass es mir gelungen war, den Kittel richtig zu zumachen. Sie konnte es sich aber nicht verkneifen mir zu sagen, sie hätte schon männliche Patienten erlebt, die es auch zum zweiten und dritten Male nicht geschafft hätten. Nach dieser Äußerung kam meine graue maskuline Masse ins Grübeln. Können wir Männer vielleicht nur falsch denken?

Heute begrüßte mich eine Ärztin im Narkoseraum, um mir die Rückenmarkspritze zu setzen. Nach der Anästhesie rief der OP-Raum: „Na, bist du schon wieder da, um Beethovens Neunte zu hören?" Die verbrachte Zeit im OP-Raum ist schwierig einzuschätzen. Liegt man danach im Aufwachraum, so fühlt sich der Oberkörper normal an. Im unteren Körperteil kommt das Gefühl erst langsam zurück. Zur Visite am Abend kam Dr.

N. und teilte mir mit, es gäbe keine besonderen Vor-kommnisse. Das war für mich eine Nachricht, wo meine innere Stimme sprach: „Horst, du wirst nicht mehr der Alte sein, aber nicht so schnell das Zeitliche segnen."

Die Visite machte am späten Nachmittag des nächs-ten Tages Dr. Renner. In meinem Urinbehälter war nur noch ein geringer Blutanteil, so dass ich am nächsten Morgen vom Katheter befreit wurde. In der Zwischen-zeit hatte ich von anderen Patienten erfahren, dass die Nachtschwester fast schmerzfrei Katheter zieht. Kurz vor der Nachtruhe machte sie ihren Rundgang durch die Station und kam an mein Bett. Sie fragte mich, ob sie morgen um 5 Uhr meinen Katheter ziehen dürfe? Ich stimmte sofort zu – je früher, desto besser. Im Schwes-ternzimmer lag schon der Plan für den nächsten Tag, so war auch die Nachtschwester ebenfalls gut informiert. Gegen 5 Uhr am nächsten Morgen wurde leise ange-klopft und die Schwester befreite mich von dem lästi-gen Gerät. Wir Männer haben eine längere Harnröhre als die Frauen. Wie so oft im Leben, es wäre nicht zu ertragen, wenn wir alle gleich wären. Gäbe es keinen Unterschied, einfach schrecklich. Oder?

Einen Tag später durfte ich das Krankenhaus verlassen. Zu Hause angekommen, waren die Probleme beim Wasserlassen mindestens sieben Tage lang. Das Ge-fühl, Wasserlassen zu müssen, war in kurzen Zeitabständen vorhanden. Besuchte man die Toilette, so kamen nur Tropfen. Die Harnröhre brannte, in der Nacht war an einen längeren Schlaf nicht zu denken. Wollte ich in dieser Zeit einen Spaziergang an die Außenalster machen, musste ich mir den Rundgang vorher genau berechnen. Erst nach etwa drei Tagen konnte ich mein Wasserhalten auf ca. eine Stunde bringen. Deshalb wird es verständlich, dass ich am Anfang in dieser Zeit sechs Wochen brauchte, um wieder einigermaßen meine Tätigkeit aufzunehmen. Lag meine Arbeitswoche sonst mindestens bei 55 und mehr Stunden, so war es nach der zweiten OP nicht möglich, diesen Rhythmus einzuhalten. In den ersten Wochen habe ich mit Peter J. telefoniert, oder er hat mich von zu Hause zu einem Kunden abgeholt. Wir beide hatten uns seinen Einstieg anders vorgestellt, so musste er sich jetzt freischwimmen. Mit einer weiblichen Mitarbeiterin, einem Auszubildenden zum Industrie-Kaufmann im Büro, dem Werkstattleiter Heinz P. und seinen Mitarbeitern, waren wir eine kleine schlagkräftige Truppe, ohne Hierarchiegehabe. Zum Vorteil für Peter J.: Er konnte neue Kunden gewinnen.

Wieder im Berufsleben

Nach sechs Wochen nahm ich meine Tätigkeit wieder auf. Die ersten Tage verbrachte ich mit Büroarbeiten, oder besuchte mit Peter J. gemeinsam langjährige Kunden. Oft wurde ich gefragt „Wie lange bleiben Sie uns noch erhalten?" Da war eine Frage aufgetaucht, die ich mir vorher selber gestellt hatte. Wie gehen wir, die sonst so klugen Menschenkinder, damit um? In den Wochen vorher hatte ich allen Mitarbeitern geraten, sollte diese Frage von den Kunden gestellt werden, sagt die Wahrheit: Horst Pfeil ist an Krebs erkrankt. Ein Kranker tut sich selbst keinen Gefallen, wenn er seinen Mitmenschen die richtige Krankheit verschweigt. Egal, ob in seinem Arbeitsfeld, Familie oder bei Freunden und Bekannten. Erst jetzt wird der Kranke feststellen, wie es um seine Wertschätzung im kranken Zustand steht. Mich erinnert es an die Schul- und Studienzeit, dort wurden sehr gute und weniger gute Noten verteilt. Sagen Sie immer die Wahrheit. Sie werden an der Reaktion und Antwort des Fragenden erkennen, welchen Wert Sie noch haben. Mein Chef besuchte mich in meinem Büro. Die von uns oft gestellte Frage „wie geht es Ihnen", traf auch mich. „Es freut mich, Sie wieder im Büro zu sehen, wie geht es Ihnen?" Ja, wie geht es mir? Diese Frage stelle ich mir täglich selbst. Es gibt in der Sitzstellung Probleme. Die Antwort; „Da helfe ich Ihnen. Sie kennen in meinem Büro mein Stehpult. Ich werde im Sekretariat veranlassen, dass es in Ihr Büro kommt". Mein Arbeitsplatz gleich Stehplatz? War das mein jetziger Wert?

In diesem Jahr musste ich noch drei Mal zur Resektion in das Krankenhaus. In der Zwischenzeit machten Peter J. und ich gemeinsame Kundenbesuche. An der Nordseeküste schipperten wir noch einmal zur Mittelplate.

Vom Supervisor wurde ich herzlich begrüßt. Vor seinem Containerbüro war in der Zwischenzeit eine kleine Plattform mit Blick auf die Nordsee entstanden. Auf dieser standen für die Gäste zwei Liegestühle mit Wolldecken bereit. Selbst im Hochsommer benötigte der Liegende an manchen Tagen eine dieser Decken. Der Stewart brachte mir einen großen Pott Kaffee. Der Supervisor nahm sich mit einem Lachen im Gesicht die Zeit, um mit mir noch einmal über „Das schwarze Licht" zu sprechen. Eine innere Stimme fragte mich: „Beginnt jetzt auf Raten dein Abschied aus dem Berufsleben?" Nun, der Körper wurde schwächer, und Horst war nicht mehr der Alte. Ein Aufgeben kam für mich nicht in Frage, ich musste mir Geduld aufzwingen, meine Gedanken ordnen und suggerieren: „Du bist nicht krank. Denke zurück, wie war es denn bei manchem Langlauf? Erinnere dich an die Trainingstage, wo du an deine Leistungsgrenze gestoßen bist und wo du ausgelaugt warst?" Die innere Stimme sagte mir: „Es gibt für dich kein Aufgeben. Es ist jetzt für dich eine völlig neue Situation. Sprich mit mir, deiner inneren Stimme. War es nicht für dich eine positive Bestätigung, fünfzehn Jahre hintereinander das goldene Sportabzeichen zu schaffen?" Diese Gedanken haben mir in dieser Zeit geholfen, das positiv Erlebte in die Gegenwart zu holen und stolz auf das Erreichte zu sein.

Der Kampf zum Überleben

Es zeigte sich im Jahr 1993, wie Deutsche Firmen in der Akkubranche zu kämpfen hatten. Qualität und Technik war selten gefragt, es ging nur noch um den Preis. Amerikanische und englische Produkte eroberten den deutschen Markt. Zum Teil Produkte, die nicht unseren VDE Richtlinien entsprachen, geschweige die Arbeitsstätten-Verordnungen. Zumal in jedem der 16 Bundesländer keine gleichen Arbeitsstätten-Verordnungen vorliegen. Die Gesetze aus Brüssel taten das Ihrige dazu bei, selbst mittelständische Unternehmen mussten die ISO 9000 einführen, um weiterhin am Markt bestehen zu können. In unserem mittelständischen Unternehmen war unser Bereich Industrie Batterien am weitesten qualifiziert. Es war mir schon in den siebziger Jahren gelungen, in einem großen Unternehmen in Norddeutschland, in die sogenannte Hochtechnik, einzudringen. Dieses Unternehmen setzte für uns eine hohe Qualifizierung voraus. Somit waren wir für die ISO 9000 gut aufgestellt und der Zeit voraus.

Im Jahre 1993 begann der Ausverkauf großer Namen in der Akkumulatoren Branche. Wir hatten uns von Anfang an in der Firma Industrie Batterien auf Ingenieursarbeiten, Planung und Dienstleistung eingestellt und uns einen bescheidenen Ruf auf dem Markt erarbeitet. Mit den Wartungsarbeiten konnten wir einen großen Teil unserer Werkstattkosten decken.

Blicken wir doch einmal in unsere Gegenwart. Wo Waren verschiedenster Art im Überfluss hergestellt werden. Der amerikanische Republikaner Ron Paul schreibt in seinem Buch *Schwerter zu Flugscharen* über die Interessen-Gruppen in seinem Land. Der promovierte Arzt trug im amerikanischen Kongress den Spitznamen „Doktor No". Er nennt die heutige Weltwirtschaft eine Monetäre Produktionsgesellschaft, in Anlehnung des Engländers John Mayard Keynes 1883-1946.

Das Gegenteil für die junge Bundesrepublik 1948 war die Wiener Schule. Ein Mitglied und Verfechter der sozialen Marktwirtschaft war Friedrich A. Hayek. Ich schätze mich glücklich, in den ersten Berufsjahren meines Lebens unter dem Sozialen Marktwirtschafts-Minister, Ludwig Erhardt, gelebt und gearbeitet zu haben. In dieser Zeit waren die Nachtzuschläge und Feiertags-Zuschläge steuerfrei. Wir durften so lange arbeiten wie wir konnten und wollten. Der Mann durfte und konnte allein seine Familie ernähren. Zurzeit beschäftige ich mich mit dem Buch *Der Weg zur Knechtschaft* von Friedrich A. Hayek.

Mein Nachfolger

Inzwischen hatte Peter J. in Potsdam einen neuen Kunden gewinnen können. Wir fuhren zusammen nach Potsdam in das Heiligtum der Deutschen Astrophysikalischen Wissenschaft. Der Besucher findet dieses Institut in einer großen Parkähnlichen Anlage. Am meisten beindruckte mich der Einsteinturm, es ist die Herberge für dieses Teleskop. Es wurde 1924 als das wohl berühmteste Gebäude auf dem Tafelberg eingeweiht. Finanziert vor allem durch die „Albert Einstein Spende", und weiteren namhaften Persönlichkeiten wie Carl Bosch und Walther Rathenau. Albert Einstein benutzte diese Einrichtung, um seine Relativitätstheorie zu überprüfen. Nach der umfangreichen Besichtigung stellten wir unsere Produkte vor.

Am Nachmittag nutzten wir die Gelegenheit, das historische Gebäudeensemble *Schloss Cecillienhof* in Potsdam zu besuchen. Das Gebäude entstand im englischen Landhausstil in den Jahren 1913-1917. Die Bauzeit war kürzer als der heutige Flughafen in Berlin.

Im Sommer 1945 fand hier vom 17. Juli bis 2. August die *Dreimächtekonferenz* statt. Dort wurde von den Vertretern Amerikas, Englands und Russlands vollzogen, was bereits auf Jalta vom 4. bis 11. Februar 1944 beschlossen wurde: Deutschland in vier Zonen zu teilen. Noch heute ist dieser Ort weltpolitisch ein bedeutsamer Anziehungspunkt für Besucher aus aller Welt. Mehr als die Hälfte der rund 165.000 jährlichen Besucher kommen aus dem Ausland. Die Tagesreise war für die Firma ertragsreich, denn einige Wochen später kamen die ersten Aufträge vom Institut.

Adios Krankheit

Vor einem weiteren Krankenhaus-Aufenthalt im August buchten wir unsere Urlaubsreise.

Eine Reise mit der alten MS Europa: Atlantische Inseln Kurs Karibik vom 11. bis 30. November 1993. Es wurde eines der schönsten Erlebnisse in unserem bisherigen Leben. Wenige Landgänge und wenn, nur einen halben Tag. Die Seele baumeln lassen nach dem Motto: Was nützt dir dein Geld, wenn du die Radieschen von unten ansiehst?

Was sang Hans Albers, der Hamburger Jung: „Das letzte Hemd hat leider keine Taschen, lass uns lieber jetzt den letzten Rest vernaschen." Eine alte Dame, die als Repeater am Kapitänstisch saß und jahrelang als Passagier auf demselben Schiff von Köln nach Amsterdam und zurück fuhr, wurde eines Tages vom Kapitän gefragt, warum sie zur Vielfahrerin geworden ist. Ihre Antwort: „Wer alles verjubelt bis zum Lebensend, der macht bestimmt das beste Testament."

Mein letzter Krankenhausaufenthalt war Ende Oktober 1993. Eine Blasenresektion ohne Befund. Nach jedem Eingriff hieß es wieder mindestens zwei Wochen lang aufrappeln. Bis zur Abreise hatte ich ein paar Tage in der Firma gearbeitet. Vor Urlaubsbeginn musste ich auch dieses Mal, obwohl schon im Urlaub, zu einer Auftragsvergabe in die *City Nord* (Bürostadt im Hamburger Stadtteil Winterhude.) Am nächsten Morgen, dem 11. November 1993, ging es nun - das Wort endlich verkneife ich mir lieber - mit dem Taxi zum Flughafen Hamburg. Einchecken nach Frankfurt am Main. Nach einem Aufenthalt in Frankfurt ging der Weiterflug in Richtung Spanien in die Provinz Andalusien. In der Hauptstadt *Sevilla* endete unser Flug. Mehrere Busse standen zu einer Rundfahrt bereit, um uns zu den interessantesten Sehenswürdigkeiten der Stadt des Flamencos zu fahren. Persönlich hat mich die Plaza de Espana mit ihrem halbrunden Gebäudekomplex beeindruckt. Die Kathedrale von Sevilla, ein Gotischer Bau, mit der berühmten

Bischofskirche. Die größte Gotische Kirche in Spanien und eine der größten in der Welt. Bald erreichten wir Jerez, die Stadt des Sherrys. Ein edles Getränk, welches in England seine Berühmtheit hat und zur täglichen fünf Uhr Teezeit serviert wird.

Wir erreichten an diesem Tag unser letztes Ziel, den Hafen von *Cadiz*. Dort lag nun die schöne Europa an der Pier, die uns erst nach dem ersten Advent in den Hafen Montego Bay auf Jamaika bringen wird. Vor der Gangway standen auf der Pier runde Tische. Von den Stewardessen wurden die Passagiere mit einem Glas Sekt empfangen. Ich war an diesem Tag unhöflich, für mich galt nur noch einchecken. Die Gangway hoch, oben an der Rezeption die Pässe abgeben und sich vom Kabinensteward zur gebuchten Kabine bringen lassen. Mit großem Hallo wurden wir von Hans begrüßt. Unsere erste Reise hatten wir bereits 1988 auf der Europa gemacht. Hans war damals schon unser Kabinensteward und ist ein Junge aus Bremerhaven. Wir hatten wieder das Hauptdeck mit einer Außenkabine in der Schiffsmitte, nur eine Kabine weiter, zum Bug des Schiffes gebucht. Passte genau in das Revier von Hans. Unsere Koffer standen bereits in der Kabine. Bevor Hans uns verließ, sah er mich an und meinte: „Darf ich unhöflich sein, vor fünf Jahren haben Sie mir besser gefallen." Ich erzählte ihm von meiner Krankheit, er meinte nur trocken: „Auf dieser Reise sind 53 Internisten zum Teil mit ihren Frauen an Bord. Lieber Horst, die wussten, dass ein nicht gesunder Horst an Bord kommt. Wenn ihr mich braucht, Ihr kennt es ja, Hans ist zur Stelle. Denn man schönen Aufenthalt an Bord ihr zwei."

Erst als Hans uns verlassen hatte, sahen wir einen Sektkübel mit Flasche und zwei Sektgläsern auf unserem Tisch stehen. Daneben ein Kuvert mit lieben Wünschen von unseren Kindern für unsere 19-tägige Reise in die Karibik. Für den Handy Fan: Ätsch! Ging schon damals ohne Handy, den anderen zu benachrichtigen.

Bevor es an das Knallen des Sektkorkens ging, war Kofferauspacken angesagt. Für das Abendessen im Restaurant galt: keine Straßenkleidung. Wir hatten schon im Reisebüro in Hamburg einen Tisch für zwei Personen reservieren lassen. Auf unserer ersten Reise, vor fünf Jahren von New York über Boston nach Bremerhaven, waren wir mit Freunden an Bord. Damals saßen weitere vier gepflegte ältere Damen an unserem Tisch. Ab 22 Uhr tanzten wir vier kostümiert nach der Musik der Goldenen Zwanziger Jahre im Europasalon. Nach Swing und Charleston aus jener Zeit. Aus dem Europasalon der MS Europa wurden die Tanzabende original nach Deutschland in die angeschlossen Sender übertragen. Es war eine Nostalgiereise in die USA. Für diesen kurzen Aufenthalt in den USA benötigte der Einreisende ein Visum im Reisepass.

In den Goldenen Zwanziger Jahren pendelten die großen Luxusliner auf dieser traditionsreichen Strecke von Bremerhaven nach New York und zurück. In dieser Zeit traf sich damals die Welt zu den großen Bällen an Bord. Es wurden rauschende Feste gefeiert und am Tage auf dem Deck flaniert. Im Jahr 1988 sind wir nach New York geflogen und an Bord gegangen. So verändern wir Menschen unsere Kultur.

Im Restaurant wurden wir vom Chefsteward begrüßt. Der Tischsteward führte uns zu unserem Tisch. Die Stewardess brachte uns die Getränkekarte. Es gab an Bord eine klare Regelung zwischen Essen und Getränken, jeweils zwei Personen bedienten die Gäste. Vom ersten bis zum letzten Tag die gleiche Crew. Den Gast empfing an Bord der Europa immer eine angenehme Atmosphäre. Die Europa ist ein Luxusliner, ob in der Clipper Bar, Europasalon, Delfter Krug, Belvedere oder Kabine, überall merkt der Passagier, hier bist du Gast an Bord. Schon am ersten Abendessen war es schwer, aus dem großzügigen Angebot an Speisen auszuwählen. Im Anschluss in die Belvedere den ersten Abend auf dem Wasser bei einem Bier oder Wein genießen. Für die gute Stimmung von max. 600 Passagieren an Bord sorgt ständig die Besatzung von ca. 300 Personen.

Am nächsten Morgen auf einem Schiff aufzuwachen, ist für mich ein tolles Gefühl. Und wer ohne Puschenkino nicht leben kann, der schaltet das Bordfernsehen ein. Auf der Mattscheibe erfuhr er von der freundlichen und liebenswerten Nina Ruge die neuesten Nachrichten aus der Heimat. Das Schiff hat ein eigenes Studio und sendete nur zu bestimmten Tageszeiten.Und wer Glück hatte, konnte mit Nina Ruge einen Kaffee trinken. Am morgendlichen Frühstückbüffet strahlte das Auge. Es war nicht nur üppig, sondern auch sehr kunstvoll gestaltet.Beim Anblick dieser Kreationen lief einem das Wasser im Mund zusammen.

Es galt nicht, von jedem etwas zu sich zunehmen, sondern gezielt sich das Eine oder Andere für den nächsten Morgen aufzubewahren. Wir trafen an Bord ein uns bekanntes Ehepaar mit ihren Freunden aus Hamburg. Die Maskulinen hatten vom Tag 1 der Reise bis zum letzten Tag ihren Bauchumfang um mindestens 5 cm vergrößert.

Diesen Tag erlebten wir bei bewegter See, 19,2° C, wolkig und Bootsmanöver. Es war ein Tag, der zum Erholen einlud. Den Abend haben wir musikalisch im Europasalon genossen. An Bord Wolfgang Ortner und sein Wiener Salonorchester. Wiener Tradition der gehobenen musikalischen Unterhaltung. Vornehmlich Werke von der wienerischen Unterhaltungsmusik Strauß & Co.

Am dritten Tag erreichten wir den Hafen *Arrecife* auf

der Insel *Lanzarote*. Auf der Pier standen Busse bereit. Eine kurvenreiche Strecke führte uns zu den tätigen Vulkanstellen. Zwischen kargen Hügeln schlängelte sich die Straße. An manchen Stellen ein paar Gruben mit geschätzten zehn Meter Durchmesser. Mit Wein oder Palmen bepflanzt. Auf einem Plateau ein Gebäude mit Gaststube zum Rasten. Etwas tiefer gelegen zeigte ein Einheimischer die Vulkantätigkeit. Er warf trockenes Gras in einen kleinen Krater. Danach goss er einen gefüllten Wassereimer in die Öffnung, sprang schell zurück, bevor eine heiße Fontäne senkrecht in die Luft schoss. Um die Mittagszeit waren wir wieder an Bord. Um 18 Uhr legten wir in Richtung *Santa Cruz* ab.

Um 8 Uhr, wir standen bereits an Deck, als wir im Hafen Santa Cruz auf der Insel *La Palma* einliefen. Der Blick an Land zeigte uns farbenprächtige Häuser und grüne Bergketten mit blühenden Pflanzen. Ein Kontrast zum gestrigen Tag, der nicht hätte krasser sein können. Unser kleiner Ausflug mit dem Bus führte uns durch eine üppige, farbenfrohe und blühende Landschaft. In einer Höhe von ca. 2.000 Meter schaut der Betrachter von einem Plateau auf einen höher gelegenen Hang mit einer Ansiedlung in ca. 2.400 Meter Höhe. Dort befindet sich der Nationalpark Caldera de Tuburiente. An diesem Hang befindet sich das Observatorium Roque de los Muchachos.

Auf der Rückfahrt hielt der Bus in einer Parkbucht am Berghang mit Blick zum Atlantik. Von hier oben sah unsere MS Europa sehr klein aus.

Im Jahr 1982 erfolgte die Indienststellung bei Hapag-Lloyd - BRZ 37.012 – 199,62 m Lang - 21 kn.

Der Nachmittag lud zu einem kleinen Landgang ein. Santa Cruz ist eine Stadt zum Verlieben, die schmalen Straßen, die kleine Plaza, die gepflegten Häuser und an jedem Straßenanfang hängt ein Bild. Das Bild ist sichtbar für jeden Betrachter am Haus oder Straßenlaterne angebracht. Es zeigt uns, wie die Straße in der Vergangenheit ausgesehen hat. Ich muss gestehen, ich habe mich in diese kleine Hafenstadt verliebt. Vielleicht führt mich ein Flugzeug noch einmal dort hin. Denn wie heißt der Text eines Liedes: Wenn nicht die Hoffnung wär, gäb es auf dieser Welt nichts mehr. Es wurde in den Goldenen Zwanzigern vom Tenor Josef Schmidt gesungen. Hier endet der Landgang, und es geht zurück an Bord. Um 18 Uhr liefen wir mit der schönen MS Europa aus.

Sechs Tage auf dem Atlantik lagen nun vor uns. In der Zeit auf See verging kein Abend, an dem nicht über die Landesgrenzen bekannte Künstler im Europasalon auftraten. Das Wiener Salonorchester hatte ich schon vorgestellt und nun der Reihe nach: Show-Star Margot

Werner, die Hotspurs mit dem Entertainer Gunther Emmerich aus Dresden, Roberto Blanco, die Wiener Sopranistin Birgit Sarata, Bob Chisolm, Show-Ensemble „Les Balisiers" mit Tänzen der Karibik. Die „Enterprise" Band, Nina Ruge, „Astro-Talk" mit Prof. Alexander Morin und Rudi Büttner, der als Conférencier die Abende begleitete.

Wir schipperten bei überwiegend heiteren und sonnigen Tagen über den Atlantik. In der leicht bewegten oder einer bewegten See ließen wir unsere Seele baumeln. Bei Temperaturen bis zu 29° C lagen wir auf dem Sonnendeck in unseren Deckchairs. Von oben geschützt durch ein sogenanntes Sonnensegel. An einem Vormittag, wir befanden uns noch in unserer Kabine, da sah meine Frau durch das Kabinenfenster etwas im Wasser schwimmen. Es war schwierig, diesen Gegenstand zu bestimmen. Wir einigten uns auf ein Kohlblatt aus der Schiffsküche. Schließlich wird jeder Zugereiste, der kein gebürtiger Hamburger ist, von den Hamburgern als *Quiddje* bezeichnet, der auf einem Kohlblatt die Elbe runter geschippert ist. Meine Frau Anneliese hatte aber keinen Quiddje auf dem Kohlblatt stehen sehn, oder?

Aus unserer Kabine kommend, betraten wir sportlich gekleidet das Sonnendeck. An diesem Tag hatte ich mich um die Mittagszeit an die Reling gestellt. Die Ellenbogen auf die Reling gelegt, mit dem Oberkörper nur leicht darüber gebeugt, schließlich wollte ich kein Manöver Mann-über-Bord provozieren. Den Fahrtwind bei 21 Knoten Schiffsgeschwindigkeit genießen und an nichts denken. Punkt 12 Uhr ist *Glasenzeit,* da wird von der Brücke über die Bordlautsprecher der momentane Standort des Schiffes in Grad, Minuten und Sekunden angegeben. Die Wassertiefe an diesem Tag über 6.000 Meter, die Wetterlage und die Geschwindigkeit des Schiffes. Die Wassertemperatur 21°C, und das am 17. November 1993 im Atlantik bei leicht bewegter See.

Träumend an der Reling stehend, sprach mich eine weibliche Stimme an, Nina Ruge. Sie hatte fast unbemerkt neben mir die gleiche Stellung eingenommen. Wir kamen schnell in ein sehr besinnliches Gespräch. Wie schön doch unsere Mutter Erde ist, der Mensch sich in der heutigen sehr hektischen Zeit kaum noch Ruhe gönnt. Ich erzählte ihr, dass für mich die Reling ein ruhender Pol ist. Obwohl sich die Reling mit dem Schiff, entsprechend der Geschwindigkeit weiter bewegt. Wie weit wir von unseren augenblicklichen Standort über das Meer sehen können, bevor sich unsere Mutter Erde krümmt. Die Weite ist abhängig von der Höhe. Plötzlich wurden wir durch eine honorige Stimme gestört. „Habt ihr denn im Meer die schwimmenden Schildkröten gesehen?" Im ersten Moment wollte ich schon eine flapsige Antwort geben, aber ich hatte mich noch früh genug gebremst. Gemeinsam drehten wir uns um, vor uns stand unser Kapitän. Es waren tatsächlich Meeresschildkröten, die im Meer mit über 6.000 Meter Meerestiefe zurück oder hin zu ihren Geburtsstätten schwimmen, um neues Leben ihrer Gattung zu zeugen. Ein Kohlblatt war es nicht, auf Kohlblättern kommen eben nur Quiddjes an.

Die Tage auf See hatten einen besonderen Tagesablauf. An Deck in der Sonne liegen, lesen oder Sport betreiben. Für mich war das Letztere nicht mehr möglich. Ich fühlte mich zwar wohl, aber versuchte ich es wieder mit dem Sport, sagte mein Körper: „Horst, lasse es nach, du brauchst noch viel Kraft." Ich rate jedem Menschen, der sich in dieser Situation befindet: „Hören Sie auf die innere Stimme."

Einen Tag vor Ankunft auf der französischen Insel Martinique wurden alle Gäste zum Gala-Büfett eingeladen. In Abendkleidung wurde jeder Gast vor dem Betreten des festlich dekorierten Saales persönlich vom Kapitän begrüßt. Ein Abend für die Augen und für den Magen. Nach Tagen der täglichen und üppigen Büfetts war es nun der Höhepunkt der Esskultur. Junge Köche legten den frisch geschnittenen Braten oder andere Leckereien vor. An diesem Abend kommt es zu einer besonderen Episode. Durften wir vom ersten Tag der Reise bis heute, ob am Morgen, zwischendurch, Mittagessen, Kaffee und Kuchen, Abendessen und Nacht-happen, essen so viel wir konnten und wollten. So gab es an diesem Abend einen ausgezeichneten „einfachen Schweinebraten". Meine Frau und ich hatten uns schon einmal von dem jungen Koch ein paar Scheiben Schweinbraten mit einer leckeren Soße vorlegen lassen. Nach dieser Köstlichkeit genügte ein Blick zueinander oder miteinander, der uns sagte: „Heute keinen Kaviar, Lachs, Nordsee-Krabben oder andere Leckereien. Noch einmal den ganz normalen Schweinebraten essen." Zwischenzeitlich hatte sich für den Braten eine Menschenschlange gebildet. Wir hatten wohl den fünften Platz erreicht. Als ich nicht zu laut, aber für den Koch verständlich, zu meiner Frau die Bemerkung machte, es könne doch wohl nicht angehen, dass wir solange für diesen gewöhnlichen Braten anstehen müssten. Nun waren wir an der Reihe. Leicht verunsichert fragte mich der junge Koch: „Mein Herr, hat Ihnen der Braten nicht gefallen? Sie sind ja schon zum zweiten Mal bei mir?" Meine Antwort: „Das ist ja das Problem, der schmeckt so gut, dass ich dachte, einige Passagiere hätten auf mich gehört und wären frühzeitig aus der Schlange ausgeschieden." Es wurde unsere letzte Nacht auf dem Atlantik. Morgen laufen wir in der Karibik ein.

In den frühen Abendstunden des nächsten Tages sahen wir Umrisse, die uns Menschen durch die Geschwindigkeit der MS Europa näher gebracht wurden.

Bald hieß es: „Land in Sicht." Es war ein Gefühl, was sich schwer beschreiben lässt. Gegen 20 Uhr liefen wir im Hafen von *Fort-de-France* auf *Martinique* ein.

Die Umrisse wurden Stück für Stück größer. Immer mehr Menschen liefen auf die Steuerbord-Seite des Schiffes. Die Passagiere, die unmittelbar an der Reling standen, wurden an diese gedrückt. Das Schiff nahm langsam, aber stetig eine leichte Schräglage ein. Über die Kabinen mussten wir uns keine Gedanken machen, die waren kardanisch aufgehängt. Aber das Schiff hatte inzwischen eine Schräglage von 10 Grad, 45 Minuten und 20 Sekunden. Plötzlich sprach der Kapitän von der Brücke über alle Bordlautsprecher. „Meine sehr verehrten Damen und Herren", bringen Sie bitte das Schiff aus der Schieflage. Gehen Sie ruhig und ohne Hast auf die Backbordseite. Zählen Sie bitte die Anzahl der Personen. Die Anzahl muss auf beiden Seiten gleich sein. Wir fahren nun mit halber Kraft voraus. In ca. 20 Minuten erwartet uns ein rechts vor dem Hafen Fort-de-France liegender hoher Felsen. Bis dort muss unsere MS Europa wieder in ihre senkrechte Haltung gebracht worden sein. Der dortige Hafenkapitän kennt keinen Spaß. Jedes Schiff wird vor der Einfahrt elektronisch vermessen. Sollte die MS Europa mit den Unterlagen des Hafenkapitäns nicht übereinstimmen, gibt es für die Weiterreise nicht genügend Proviant und alkoholische Getränke. Nach unserer Atlantik-Überquerung müssen wir bis zur

Abfahrt morgen um 18 Uhr neue Lebensmittel und alkoholischen Getränke bunkern. Ich danke für Ihre Aufmerksamkeit."

Martinique ist eine Insel der Gegensätze. Eine Insel der *Antillen* in der Karibik und zugleich eine Insel der Winde. Ein ruhender Vulkan, der den Namen *Montagne Pelée* trägt und der zum letzten Mal 1902 ausbrach. Es gibt für die Wanderer viele anspruchsvolle oder weniger anspruchsvolle Touren. Mit unseren Reiseleiterinnen, Nina R. und ihrer Schwester, machten wir nur einen halben Tages-Ausflug. Mit kastenförmigen Autos fuhren wir nach *St. Pierre* und zu den *Balata Gärten* mit ihrem subtropischen Klima. In der Mittagszeit waren wir wieder an Bord, zu mehr langte es für mich nicht. Machte ich vor sechs Jahren in den Ötztaler Alpen noch Gebirgs-Wanderungen, so wurde meine körperliche Kraft immer weniger. Am Abend um 18 Uhr hieß es: Leinen los Richtung Hafenstadt *St. John's* auf der Insel *Antigua*.

Morgens um 8 Uhr liefen wir im Hafen St. John's ein. Antigua, trotz Links-Verkehr, habe ich mich in die Natur dieser Insel verliebt. Nicht umsonst wird sie die Insel der 365 schönsten Buchten in der Karibik genannt. Ein Jahr dort leben und jeden Tag eine andere Bucht mit Meerwasser unterschiedlicher Farben, ein Traum. Wir besuchten mit einem Bus auf einer Anhöhe ein ehemaliges Gebäude aus dem englischen Königshaus. Auf dem Grundstück, an einem Steilhang stehend, fiel der Blick auf nur eine der schönen Buchten. Die Fahrt mit dem Bus führte uns nach unten ans Meer in eine Souvenir-Gasse. In einem Bistro genossen wir bei einem kühlen Getränk, die weiche und wärmende Luft der Karibik. Am Nachmittag lagen wir auf dem Sonnendeck in der Karibiksonne. Bis pünktlich um 18 Uhr die Schiffsglocke läutete und wir der schönen Insel Ade sagen mussten.

Am 13. Reisetag erreichten wir gegen 8 Uhr, die Insel *St. Thomas* (dänisch Sankt Thomas) mit ihrem Hafen *Charlotte Amalie*. Eine Insel der Amerikanischen Jungferninseln in der Karibik. Man nennt sie auch das Tor der *Amerikanischen Jungferninseln*. Der Hafen von Charlotte Amalie ist eine Anlaufstelle für die großen amerikanischen Kreuzfahrtschiffe, die überwiegend aus *Miami* im US-Bundesstaat *Florida* kommen. Der Ort selbst ist ein Einkaufsparadies für original Uhren aus der Schweiz und viele andere Artikel. Diese Einkaufshallen sind amerikanisch, groß und protzig, kalt wirkend und unpersönlich. Nicht mein Geschmack, aber über diesen lässt sich bekanntlich streiten. So schallt es aus des Volkes Mund. Wir hatten uns wieder für eine Halbtagesfahrt mit Nina R. und Schwester angemeldet. Mit offenen Fahrzeugen, die Platz für 8 Personen hatten, ging die Fahrt in Richtung tropischer Gebiete. Auf einer Plattform an der Steilküste machten wir halt.

Neben den riesigen Kreuzfahrtschiffen der Amerikaner sah von hier oben unsere schöne MS Europa wie ein Flussschiff aus. Schon am Anfang der neunziger Jahre wurde diese Insel hauptsächlich zum Einkauf angelaufen. Bei einem weiteren Halt haben wir uns ausgeklinkt. Ein Taxi fuhr uns wieder zurück in den Hafen. Auf unserem schönen Schiff genossen wir den restlichen Tag im Liegestuhl an Deck. Am Abend um 19 Uhr liefen wir wieder aus. Es folgten zwei Tage auf See in der Karibik. Hier hat der Herrgott auf unserer Mutter Erde eines der vielen anderen Paradiese geschaffen.

Die Tage auf ruhiger See, mit milder Luft und einer Temperatur bis 29° C in der Karibik, und das im Monat November, das waren Tage zum Genießen. Wenn dann Roberto Blanco am Tag, im und um den Pool eine extra Show lieferte, tobte sein Publikum. Die Abende im Europa- Salon mit dem Wiener Salon-Orchester, Birgit Sarata Sopran, Gunther Emmerlich, Roberto Blanco und vielen anderen. Da bebte an manchem Abend der Saal. Ein Abend bleibt mir in steter Erinnerung: als Gunther Emmerlich und Roberto Blanco sich gegenseitig übertrafen. Emmerlich nahm dem Gitarristen die Gitarre weg, drehte sie um und benutzte die Rückseite, um Roberto Blanco rhythmisch zu begleiten. Wir, das Publikum tobte, keine täglich vorgesetzte Retorte. Die Hotspurs Dixieland-Band aus Dresden, Bob Chisolm, Rudi Büttner und viele mehr. Falls rein zufällig eine Person mein Buch lesen sollte und nicht erwähnt wurde, der sei gesagt: Alle, die etwas für das leibliche, unterhaltsame, musikalische Wohl, eben für das Wohlbefinden, was wir, meine Frau und ich, auf dem Schiff der MS Europa erleben durften, getan haben: Ein ganz großes Dankeschön! Die von mir beschriebene Reise wird für immer in unserer Erinnerung bleiben.

Bei glatter See liefen wir um 8 Uhr im Hafen von *Miami* ein. Das war der erste Tag dieser Reise, wo wir ein Tages-Programm gebucht hatten: *Everglades* und Seeaquarium. Mit dem Bus fuhren wir aus dem Stadtzentrum in Richtung Everglades. Es war schon spannend. Bisher hatten wir die *Propeller Airboats,* Air Propeller Boats oder auch einfach Sumpfboot genannt, nur in Filmen gesehen.

Eine Taufe auf den Namen *Schlickrutscher* wäre doch hier angebracht? In einem dieser Boote hatten wir Platz genommen. Und ab ging die Fahrt mit einem in der Luft angetriebenen Rotor. Das Geräusch war am Anfang sehr gewöhnungsbedürftig. Wie ein Luftkissenboot erhob sich das Gefährt leicht aus dem Wasser. Wir fuhren in verschiedene Kanäle und suchten nach kleinen oder größeren Reptilien. Die Fahrt dauerte etwa eine Stunde. Interessant war in diesem Sumpfgebiet eine Insel, auf der noch Ur-Einwohner lebten. Laut unserem Skipper, haben die Ur-Einwohner beim letzten Hurrikan die

Insel verlassen. Ob sie je wieder zurück kommen, wusste der weise Mann nicht. Daraus ließe sich schließen, die heute in den Reservaten lebenden Ur-Einwohner werden zum Ansehen zooähnlich geduldet?

In einem Restaurant am Rand der Stadt wartete ein Mittagessen auf verwöhnte Gäste. Kein Kaviar, kein Fisch: amerikanische Küche! Steak mit Pommes, Coca Cola und zum Nachtisch Eis-Creme. Der Bus brachte uns in den frühen Nachmittagsstunden zum Seeaquarium, eine weitere Sehenswürdigkeit in Florida. Eine für Amerika typische Show, groß, laut kreischende Menschen, eben gewaltig. Am späten Nachmittag erreichten wir früh genug unser Schiff. Leinen los hieß es um 18 Uhr zur eintägigen Erholung auf See. Es wurde bei Windstille und heiterer Bewölkung ein Tag, der zum Sonnendeck einlud. Der Ausflug am gestrigen Tag hatte mir einiges an Kraft abverlangt. Bevor wir am nächsten Morgen den Hafen von *Georgtown* auf der Insel *Grand Cayman* erreichten, gab es an Bord ein Abschiedsdinner. Etwas später fanden wir uns wieder im Europasalon zur Abschieds-Soirée ein. Wolfgang Ortner mit seinem Salonorchester und der Besatzungs-Chor der MS Europa spielten auf. Bevor zum Tanz gebeten wurde, haben wir, meine Frau und ich, uns zum Hauptdeck begeben. Bei völliger Windstille an der Reling stehen, die weichen und warmen Düfte der Karibik riechen und spüren, das sind für immer bleibende Erinnerungen.

Heute ist unser vorletzter Tag. Es ist 8 Uhr und die MS Europa hat vor dem Hafen von Georgtown auf Grand Cayman auf einer Reede geankert. Es war Sonntag, der 28. November 1993, und erster Advent. In den Frühnachrichten erfuhren wir von Nina R. in Deutschland herrschen winterliche Temperaturen. Mit dem Rat, nur Hotelstrände zu benutzen, ging es nun zum letzten Mal an Land. Wir erlebten eine Ausbootung mit der Bord-Barkasse, die uns sicher an Land und zurück an Bord brachte. Auch dieses Manöver durften wir miterleben. Am Strand des *Holiday Inn* sind wir bei einer Wassertemperatur von 28° C in das saubere, grün bis türkisfarbene Wasser der Karibik gelaufen. Bei leicht schwimmenden Bewegungen auf dem Rücken liegend, trotz Wasser die wärmende Sonne spüren, dann an Deutschland denken. Ein Gefühl erleben, worüber ich nicht schreiben werde, sondern das ich für mich behalte. Ein wenig später trafen wir einen *Quartiersmann* (ein Beruf) aus der Hamburger Speicherstadt am Hafenrand. Als er mich von weitem sah, rief er mir zu: „Na, Pfeil, hast Du schon Deine Kontoauszüge geholt?" Die Banken haben auch am ersten Advent auf?

Um 15 Uhr Leinen los zur letzten Fahrt in den Hafen *Montego Bay* auf der Insel *Jamaika*. Wie immer liefen wir pünktlich am nächsten Morgen im Hafen ein. Noch einmal an Bord das Frühstück genießen. Die Koffer waren gepackt. Bis um 10 Uhr musste die Kabine geräumt sein. Die neuen Gäste standen schon auf der Pier. Unser Flugzeug flog verspätet am Abend. Wir konnten jedoch an Bord des Schiffes bleiben. In den späten Nachmittagsstunden wurden wir mit Bussen zum Flughafen gebracht. Am nächsten Tag landeten wir wieder in Deutschland. Die 19-tägige Reise war zu Ende, der graue Alltag hatte uns wieder. Diesen Abschnitt habe ich bewusst in kurzen Sätzen geschrieben. Das war gefühlte Kälte, die ich damals persönlich empfunden habe. Willkommen: ja. Ist jedoch deine Zeit abgelaufen, gehe bitte, aber zügig. Im Übrigen hat sich dieses Brauchtum – besonders in Deutschland – in der Gegenwart weiter entwickelt.

Tschüss Akkubranche 1993

Das Jahr 1993 neigte sich dem Ende zu. Im Beruf brach der Akkumulatoren Markt in Deutschland zusammen. Fast alle großen Hersteller in dieser Branche wurden vom amerikanischen und englischen Markt aufgesaugt. Es ging nicht mehr um deutsche Qualität, der Preis war entscheidend. Mit dieser Marktentwicklung musste gerechnet werden. Wer diese Entwicklung früh genug erkannte hatte, sein Unternehmen auf überwiegend Dienstleistungen umgestellt hat, der hatte weniger Sorgen. Das war uns gelungen, und damit unsere kleine, aber feine Firma am Leben zu erhalten.

Wie das Alte so das Neue!

Das neue Jahr im Januar 1994 begann mit einem Krankenhaus-Aufenthalt in Bad Schwartau. Blasen-Resektion, wieder für einige Wochen ausgefallen. In der Firma hatte sich mein Nachfolger gut eingearbeitet. Neue Kunden geworben und alles lief zur Zufriedenheit des Inhabers. Jedoch hinter meinem Rücken gesprochen wurde. Nach dem Motto: „Ist der Geschäftsführer Horst Pfeil noch tragbar? Er macht jetzt möglichst pünktlich Feierabend und fällt vierteljährlich für mindestens 14 Tage aus?"

In der Zwischenzeit hatte mir mein Hausarzt Dr. L geraten, die Ärztegemeinschaft für Onkologie in der Max-Brauer-Allee, Hamburg-Altona, aufzusuchen. Der Facharzt für innere Medizin, hat mich auf eine eventuelle Metastasierung mehrfach sehr gründlich untersucht. Vom Skelettzintigramm, Röntgen der Lunge und EKG, wurde ich anfangs alle drei Monate, später halbjährlich untersucht. Als hätte ich nicht schon genug Beschwerden, so fing mein rechtes Knie an zu schmerzen. In dieser Zeit habe ich immer wieder versucht, meinen

Verpflichtungen als Geschäftsführer nachzukommen. Es muss im Juni 1994 gewesen sein, dass ich eine Unterbrechungsfreie Sicherheitsanlage in München dem Kunden übergeben musste. In dieser Woche bekam ich Kopfschmerzen, ich kann mich noch sehr gut an die Situation erinnern. An einem Donnerstag wurden die Kopfschmerzen immer schlimmer, aber am nächsten Vormittag ging mein Flugzeug nach München. Am Donnerstagabend hatte ich meinen Hausarzt Dr. L. aufgesucht, zufällig war auch meine Frau anwesend. In der Praxis hatte eine Schwester meinen Blutdruck gemessen, sah mich nur an und meinte: „Sie kommen heute nicht mehr raus aus der Praxis, ohne dass der Doktor Sie gesehen hat!" Ihr Blick sagte mir „Frag mich ja nicht warum."

Dieser sah mich an diesem Abend sehr ernst an. „Mein lieber Herr Pfeil, Sie haben einen Blutdruck von über 200/130. Ich muss Sie aus dem Verkehr ziehen. Sie sind für mich nicht mehr arbeitsfähig". Als ich ihm sagte „Morgen Vormittag geht mein Flugzeug nach München." Seinen Blick kann ich noch heute gut beschreiben. Dieser sagte mir, habe ich es mit einem Verrückten zu tun? („Der Mann ist kranker als er denkt und hört nicht auf mich!") Nach einem etwas längeren Gespräch haben wir uns auf einen Kompromiss geeinigt. Ich bekomme jetzt sofort eine Blutdruck senkende Spitze. Fliege nach München unter der Bedingung, vor der Tätigkeit eine Apotheke aufzusuchen und den Blutdruck messen zu lassen. Am Montagmorgen habe ich mich in der Praxis zu weiteren Maßnahmen einzufinden. Der Blutdruck war in München nicht mehr in diesem hohen Bereich, senkende Tabletten musste ich bis auf weiteres nehmen.

Am Montag kam es zu einem ausführlichen Gespräch mit Dr. L. dabei wurden die Untersuchungswerte von Dr. Renner mit herangezogen. Mein Gesundheitszustand war sehr ernst, für eine Notschlachtung langte es jedoch nicht. Was ich bisher nicht wollte, war eine Kur anzutreten. Möglicherweise jeden Tag über die Krankheit reden, das wollte ich nicht. Aber für meinen jetzigen Zustand gab es keine andere Lösung. Vom 9. August bis 6. September 1994 trat ich meine Kur in Bad Reinhardtshausen, in der Nähe von Bad Wildungen an. Zuvor ein Abstecher im Juli 1994 nach Bad Schwartau in *Das lustige Krankenhaus.* Prostata-Operation und Blasen-Resektion einmal mehr von Dr. N. ausgeführt. Die gleichen Schwestern, das gute Essen, ich fühlte mich wohl. In meinem Zimmer traf ich auf einen jüngeren und bereits operierten Bettnachbarn. Das war ein komischer Kauz. Still jammerte er dahin, hörte bewusst auf die Stimmen im Flur. Wurde die Tür geöffnet, so erhöhte sich die Stimme. Wenn dann die Schwestern noch eine Thrombosespritze in der Hand hielten, hätte er am liebsten das Krankenhaus verlassen. Ging aber nicht. Wenn sich menschliche Gestalten mit Katheter, Schlauch und Beutel auf der Straße befinden, werden sie schlimmstenfalls eingefangen. Nach zwei weiteren Tagen wurde der Hypochonder entlassen. Die zeitlich kurzen Abstände meiner Aufenthalte im Krankenhaus brachten für mich Vorteile. So kam es vor, dass ich vor dem Wechsel der Nachtschwester zu einem Cafe in das Schwesternzimmer eingeladen wurde.

Ich war physisch am Ende

Nach meiner Ankunft in der Klinik fand das erste Gespräch beim Oberarzt statt. Nach der ersten Untersuchung kam er zu folgender Beurteilung. „Ich empfehle, in Ihrem Alter Blase und Prostata zu entfernen, dann haben Sie Ruhe." Glücklicherweise hatte ich Ärzte, die Urologen Dr. N. und Dr. Renner, meinen Hausarzt Dr. L. den Onkologen Dr. R. Diesen Ärzten habe ich zu verdanken, dass ich nach fünfundzwanzig Jahren noch eine Blase und geschälte Prostata habe.

Mein Zimmer war geräumig, sowie auch das ganze Haus einen guten Eindruck hinterließ. Am Abend nach meiner Ankunft wurde mir im Speisesaal ein Vierer-Tisch zugewiesen. Mein Gegenüber, ein etwas älterer angenehmer Mensch aus Kaiserslautern. Am nächsten

Morgen wurde ich getestet, in wieweit ein bestimmtes Programm für mich in Frage käme. Das Resultat war für mich niederschmetternd. Leichte Spaziergänge, Trinkkur im Park und in der Sporthalle mit einer 200 g Hantel arbeiten. Für mein rechtes Knie, was mir Schmerzen bereitete, bekam ich Bestrahlungen mit anschließender therapeutischer Behandlung. Am ersten Sonntag nach meiner Ankunft machte ich meinen ersten größeren Spaziergang in der hügeligen Landschaft. An einer Anhöhe von vielleicht 20 Höhenmetern scheiterte mein Versuch. Zwei Jahre vor meiner Krankheit habe ich, 15 Jahre hintereinander, mein goldenes Sportabzeichen erworben. Im Ötztal in Österreich Hochgebirgswanderungen gemacht. An einem Tag, in den frühen Morgenstunden zu dritt, einen Dreitausender bestiegen. Hin und zurück am gleichen Tag je 1.800 Höhenmeter, dabei dreizehn Schneefelder überwunden. Und nun keine 20 Höhenmeter geschafft?

Am Anfang der zweiten Woche hatte ich mich an den täglichen Ablauf gewöhnt. Was blieb mir übrig? Das Leben und Treiben in der Klinik war sehr interessant. Der tägliche Wechsel der Kurbedürftigen. Wirklich Bedürftige waren nach meiner Beobachtung in der Minderzahl.

So warteten in der Empfangshalle schon in den Morgenstunden eine gewisse Anzahl von Männlein und

Weiblein auf ihre Liebste oder ihren Liebsten. Aus den Gesprächsfetzen konnte schon entnommen werden, man kennt sich halt vom vorigen Aufenthalt.

Für die Presse der Kinderfeind

In dieser Woche machte ich beim Betreten des Speisesaals eine für mich völlig neue Erfahrung. Hatte ich mich doch in Hamburg, als Sprecher einer Interessengemeinschaft für die Erhaltung der Wohnqualität, in unserer Straße eingesetzt. Heftige Debatten mit dem damaligen Geschäftsführer der Hamburger Bäderlandschaft geführt. Dieser wollte im Außenbereich der Alster-Schwimmhalle eine Art Whirlpool nur für Erwachsene erstellen. Auf unseren Einwand, das wäre kinderfeindlich, wurde das Außenbecken ohne Lärmschutz gebaut. Es wurde eine Einrichtung für lärmende Kinder, ältere Menschen haben das Becken nur selten benutzt. Durch meine öffentliche Arbeit wurde ich für die Presse interessant.

Ich wurde im Rundfunk NDR 90,3 und einer vielfältigen schreibenden Zunft als Kinderfeind hingestellt.

Zurück in den Speisesaal. Als ich diesen betrat, herrschte eine ungewöhnliche Stille. Mein Gegenüber sah mich an, legte mir eine in Süddeutschland erscheinende Frauenzeitung vor. In dieser konnte der Leser in einem Artikel lesen, was hochaktuell vor über vier Jahren in Hamburg geschah. Mit Foto versteht sich, wurde ich als Kinderfeind tituliert. Es war Sommer, in der Fachsprache der Journalisten „Saure Gurkenzeit". In der Frankfurter-Allgemeinen-Zeitung schrieb damals, einer der für mich besten deutschen Journalisten, Johannes Gross, über einen „Kloaken-Journalismus".

Am Wochenende kam meine Frau mit Freunden, um nach dem Rechten zu sehen. Die Freunde blieben nur über das Wochenende, während meine Frau die Zeit zu einer offenen Kur nutzte. Vor uns lagen 14 Tage, bevor es wieder zurück nach Hamburg ging. Schlenderten wir gemeinsam im Kurpark zur Trinkhalle, so begegneten wir kleine Grüppchen weiblicher Wesen aus der Klinik. In ihren Gesichtern konnte der Betrachter lesen: „Jetzt hat der Typ auch noch einen Kurschatten". Bei einer der nächsten Begegnung dieser Grüppchen, nahm ich meine Frau in den Arm, holte meine Brieftasche aus der Seitentasche meiner Jacke und schenkte ihr einen Hundertmarkschein. Mit der Bemerkung: „Mein Schatz, nimm diesen Schein, kauf dir etwas Schönes, die Nacht mit dir wird für mich unvergesslich bleiben".

Die Stimmung der Mitpatienten im Speisesaal hatte eine andere Wendung genommen. Da kam es beim

Vorbeigehen zu einem Lächeln mit den femininen Wesen. In der dritten Woche kam es wieder zu einer Begegnung im Kurmittelhaus. Die Blicke der Femininen
wurden heute auf meine Frau gerichtet. Wieder nahm
ich meine Frau in die Arme, um ihr eine prekäre Situation zu schildern: „Schatz, meine Frau kommt morgen,
wir können uns erst am Montag wiedersehen". An den
Gesichtsausdrücken der Betrachtenden, man könnte
sie auch die Horchenden nennen, war zu lesen: „Was
ist das für ein Typ?"

Nach der Abschlussuntersuchung durfte ich erfahren,
dass ich weiterhin als arbeitsunfähig gelte.

Zurück in Hamburg

Wieder in Hamburg stellt sich eine weitere Krankheit
ein, Lymphfistel an der rechten Leiste. Fünf Wochen
lang musste ich jeden Tag zum Verbandswechsel in
die Hausarzt-Praxis Dr. L. kommen. Am Sonnabend
oder Sonntag rief mich Schwester Renate an: „Ich bin
da, Sie können kommen." Dafür nochmals ein großes
Dankeschön, liebe Schwester Renate. Wir hatten ge-
hofft, dass sich diese Fistel auflöst, aber ich musste in
das Marienkrankenhaus zu einer ambulanten Behandlung. Nach einer vierstündigen Wartezeit wurde ich

von einem Assistenzarzt behandelt. Er öffnete diese Fistel erfolgreich mit seinen Händen. Nach einiger Zeit kam der Stationsarzt, sah sich die offene Wunde an. Dieser war mit der Wunde zufrieden, um danach mit einer Sonde die Tiefe festzustellen. Im anschließenden Bericht war von einer 6,5 cm Tiefe zu lesen. Ohne Vorwarnung und örtlicher Betäubung wurde die Messung vorgenommen. Spätestens jetzt konnte ich mir vorstellen, wie es im 2. Weltkrieg an der Front zugegangen sein muss. In dieser Zeit lernten wir Jungs in der Heimat: Ein deutscher Junge weint nicht, er ist hart wie Kruppstahl, zäh wie Leder und schnell wie ein Windhund.

Meine Bewährungsjahre

Das Jahr 1994 wurde für mich ein Jahr der Bewährung. Im November besuchte ich das lustige Krankenhaus in Bad Schwartau. Im Anästhesie-Raum traf ich auf ein mir bekanntes Gesicht. Es begrüßte mich mit meinem Namen und fragte mich, wie oft ich diesen Raum schon betreten hätte. Wenn ich richtig gezählt habe, wäre ich heute zum neunten Mal im Anästhesie-Raum: „Lieber Herr Pfeil, Sie stehen kurz vor einer Inventar-Nummer. Diese wird Ihnen beim zwölften Mal zuteil, eine Gravur unterhalb am rechten Beckenrand". Ich habe diese Gravur bekommen und trage sie mit Stolz. Welcher Patient kann eine so großartige Auszeichnung aufweisen?

Am Mittelmeerstrand in Andalusien, da kein Bierbauch, trage ich einen Tanga oder gar String und zeige meiner Gravur, wie schön es auf dieser Erde ist. Die OP verlief gut, und ich durfte nach einer Woche das Krankenhaus verlassen. Am Abend zuvor kam es zu einem ausführlichen Gespräch mit Dr. N. Dieser meinte, obwohl oder gerade deshalb wäre es jetzt ratsam, meinen körperlichen Abwehrzustand zu prüfen. Es gäbe die Möglichkeit, an einer Versuchsreihe, genannt BCG, teilzunehmen. Auf Grund meines Vertrauens in die bisherigen gesamten Behandlungen aller Beteiligten, habe ich der Versuchsreihe zugestimmt. Ich schreibe dieses Buch nicht nur für mich, sondern ich möchte damit jedem Leser, der sich in einer ähnlichen Situation befindet, zum Ausdruck bringen: „Hören Sie auf Ihre innere Stimme, ist das Vertrauen zu Ihrem Arzt vorhanden? Was können Sie Ihren nahestehenden Menschen zumuten?" Für mich war es wichtig, über meine Krankheit zu reden. Aber tun Sie bitte eines nicht, über Ihre Krankheit zu reden, ohne dass der Andere Sie nach Ihrer Krankheit gefragt hat. Das hält so manche, noch so gute Freundschaft nicht aus.

In diesem Monat, kurz vor Weihnachten, ist mir in Hamburg an einer Kreuzung stehend, ein Hintermann leicht

angetörnt in mein Auto gefahren. Es war die vorweih-
nachtliche Zeit angebrochen. Resultat: Nackenschmer-
zen und Arzt aufgesucht, Diagnose: Trauma der Hals-
wirbelsäule.

Vom 1. Dezember 1994 bis 15. Januar 1995 musste ich
jeden Donnerstag in die Praxis, einmal von Dr. N. und
Dr. Renner nach Bad Schwartau. Dort wurde mir eine
Injektionslösung durch die Harnröhre in die Blase geführt. Diese Lösung enthält Bakterien, die eine Entzün-
dung in der Blase hervorrufen. Einfach ausgedrückt,
der Körper wird auf seine Abwehrstoffe geprüft. Das
Problem für den Patienten ist das Wasserlassen bis zu
mindestens an drei Tagen und Nächten. Es kommen
nur Tropfen, an einen nächtlichen Schlaf ist nicht zu
denken. Es werden schlaflose Nächte. In diesem Jahr
hieß es mindestens einmal pro Monat, von Hamburg
nach Bad Schwartau hin und zurück. Blasen-Resektion,
Spiegelung oder BCG. Somit erreichte ich leicht und
locker meine zwölfte spinale Anästhesie.

Im Juli des gleichen Jahres habe ich mich einer
Knieoperation in einer Klinik in Groß Hansdorf unter-
ziehen müssen. Im Anschluss daran jeden zweiten Tag
eine vierwöchige Physio-Therapie in einer Reha-Klinik
ambulant in Hamburg abgeschlossen.

Am 12. September 1995 erreichten wir, meine Frau und

ich, wieder unseren Kurort Bad Reinhartshausen. In diesem Jahr kurten wir gemeinsam in der Klinik. Wir hatten im letzten Stock ein kleines Apartment mit Dachterrasse. Ein wunderschöner Ausblick in die bergige Landschaft. Am nächsten Morgen bekamen wir unsere Anwendungen zugewiesen. Meine Frau hatte wesentlich mehr Anwendungen als ich. Sollte das ein Hinweis auf meinen körperlichen Zustand sein? Außer der gemeinsamen Trinkkur durfte ich nur leichte Übungen in der Sporthalle machen.

Wir genossen in der farbenfrohen Natur, bei milden Tagestemperaturen die Herbsttage im Kurpark oder in den nahe liegenden Wäldern. An den Wochenenden besuchten wir die Universitätsstadt Marburg, mit ihrem berühmten am Felsen liegenden Cafe. Oder wir bummelten in Bad Wildungen.

Ab in die Rente!

In der letzten Woche kam es mit dem neuen Chefarzt zu einem Abschlussgespräch. Es wurde ein sehr ausführliches und längeres Gespräch. In diesem teilte er mir mit, dass ich nicht mehr arbeitsfähig wäre: „Betrachten Sie bitte Ihren Lebenslauf, mit 16 Jahren begann Ihre Elektro-Installateur-Lehre. Danach haben

Sie als Geselle auf Neubauten mindestens 48 Stunden pro Woche gearbeitet. Wie Sie mir erzählten, wohnten Sie mit Ihrer inzwischen kleinen Familie deshalb im Hamburger Freihafen, damit Sie ständig dienstbereit der HHLA zur Verfügung standen. Es gab Wochen, da haben Sie von morgens 6 Uhr bis nachts 23 Uhr gearbeitet. In diesen Jahren haben Sie, neben Ihrer täglichen Arbeit, im Fernstudium Ihre Technikerreife innerhalb von drei Jahren erworben. Später ließen Sie sich vom Arbeitgeber HHLA für ein halbes Jahr freistellen. Ab September 1995 besuchten Sie im ostfriesischen Oldenburg zwei Trimester lang die Bundesfachlehranstalt für Elektrotechnik. Im Februar 1966 wurde Ihnen in einer Feierstunde in der Handwerkskammer Oldenburg der Meisterbrief überreicht. Für die HHLA waren Sie in dieser Zeit ohne SPD Parteibuch überqualifiziert und so verließen Sie diesen Arbeitgeber, um in anderen Firmen zu Ihren technische Kenntnissen, die für Sie wichtige kaufmännische Erfahrung zu sammeln. Letztendlich fanden Sie im Januar 1975 bis zum heutigen Tag Ihren Tätigkeitsbereich in der Akkumulatoren-Branche. Wo Sie in den letzten Jahren als Geschäftsführer tätig gewesen sind. Lieber Herr Pfeil, ich habe mir bewusst Ihren Tätigkeitsablauf angesehen und bin zu diesem Entschluss gekommen: Werden Sie wieder gesund und genießen Sie mit Ihrer Frau möglichst noch viele Jahre. Noch heute werde ich der BfA in Berlin diesen Bericht zukommen lassen.

54

Ich wünsche Ihnen und Ihrer Frau eine gute Rückreise nach Hamburg."

Ein paar Tage später hielt ich einen Erwerbsunfähigen Rentenbescheid in meinen Händen. Obwohl ich damit rechnen musste, sprachen meine Gedanken: „So, nun bist du nach 43 Jahren erwerbsunfähig." Diese Momentaufnahme sagt mir weiter: „Du bist in der Gegenwart nicht mehr erwerbsfähig?" Ist die Wortwahl Erwerbsunfähig nicht ein Unwort? Darf der noch Lebende nichts mehr erwerben? Im Jahr 2001 wurde im Rentenbescheid von einer Altersrente für schwerbehinderte Menschen gesprochen. Für jeden Tag im Jahr wurde vor ein paar Jahren ein Wort des Tages eingeführt. Zum Beispiel: Tag der Frau oder Tag des Mannes! Warum nicht Tag der Erwerbsunfähigkeit? Im Jahr 1996 musste ich nur noch zweimal nach Bad Schwartau in die Praxis zur Blasenspiegelung kommen. Mein Krankheitszustand besserte sich.

Ein entscheidender Rückblick

Noch einmal zurück in das Jahr 1991. Im Juli wurde ich in den Abendstunden von einem Vorstandsmitglied des 1883 gegründeten Hohenfelder und Uhlenhorster Bürgervereins angerufen. In diesem Verein waren wir, meine Frau und ich, wegen einer Baustelle an der Alsterschwimmhalle, in den achtziger Jahren eingetreten. Nun wurde ich zu einer Vorstandsitzung eingeladen. Bisher waren wir sogenannte Karteileichen. Mein Berufsleben ließ mir wenig Zeit, um an dem aktiven Vereinsleben teilzunehmen.

An einem Freitagnachmittag nahm ich an der Vorstandssitzung teil. Die Lebensgefährtin des verstorbenen Ersten Vorsitzenden führte an diesem Nachmittag die Vorstandsrunde. Sie kam relativ schnell zum Punkt. Der Vorstand hatte beschlossen, mir das Amt des ersten Vorsitzenden zu übertragen. Schließlich hätte ich in der Auseinandersetzung mit der Bäderland GmbH zu jeder Zeit eine sachliche Diskussion geführt. Ich bat daraufhin um eine 14-tägige Bedenkzeit und verabschiedete mich.

Es begann ein Gedankenspiel, wagte ich es, einen Bürgerverein zu führen? Was sagt meine Familie dazu, allen voran meine Frau? In einem vor einigen Tagen geführten Gespräch mit ihr, war sie für diese Aufgabe nicht zu begeistern. Über vierzig Jahre stand mein Beruf im Vordergrund. Meiner Familie hatte ich einiges zugemutet, aber sie dabei nicht vernachlässigt. „Jetzt, wo du nicht mehr belastbar bist, willst du eine Tätigkeit übernehmen, die du nicht kennst?" sagte mir die eine innere Stimme. Die andere sprach: „Du hast in deinem

Berufsleben Projekte angenommen, die vor dir in der Firma keiner gewagt hätte. Jetzt willst du kneifen?"

Meine Frau trat eine lang geplante sechswöchige Kur an. In der Anfangszeit ihrer Kur fand die außerordentliche Hauptversammlung des Bürgervereins statt, in der ich zum 1. Vorsitzenden gewählt wurde. Am folgenden Wochenende fuhr ich in den Kurort zu meiner Frau. Tage zuvor hatte ich dort telefonisch in einem guten Restaurant einen Tisch zum Abendessen bestellt.

Sie war nicht überrascht, als ich ihr mitteilte, dass ich den Vorsitz des Hohenfelder und Uhlenhorster Bürgervereins übernommen hatte. Ihre Einschränkung: „Ich helfe dir bei der Büroarbeit, aber sonst weiter nicht." Der Abend verlief nach einem guten Essen und einem guten Tropfen harmonisch. Blicke ich zurück, so habe ich bereits in der Vergangenheit Entscheidungen getroffen, die richtig waren. So kann ich, vorweg genommen, heute sagen, auch diese Entscheidung war auf meinem Weg zur Gesundung die Richtige.

Ein Abschied nach 44 Jahren

Am Pfingstsonnabend, dem 18. Mai 1996, durfte ich meinen 60. Geburtstag im Crown Plaza Hotel in Hamburg-Hohenfelde feiern. Es wurde ein Abschied von den langjährigen Kunden, Geschäftspartnern, Lieferanten und Kollegen. Ein Abschied aus dem Berufsleben nach 44 Jahren. Anstatt Geschenke kam eine vierstellige Summe der deutschen Krebshilfe zu gute. Der Abend gehörte der Familie und Freunden im Hotel Norge. Es war ein Abschied, aber auch ein neuer Anfang. Wie so oft im Leben, das Eine geht, das Andere kommt.

Mein Weg ins Ehrenamt

In der Zwischenzeit war ich in die MIT-Mittelstands Vereinigung eingetreten. Mein Nachfolger und ich besuchten verschiedene Veranstaltungen in den abendlichen Stunden. Es ist für den Mittelständler wichtig, sich dieser Institution anzuschließen. In meinen Berufsjahren war mein Arbeitsplatz überwiegend im Mittelstand. Diese Erfahrung haben wir im Vorstand des Bürgervereins, mit einer Handvoll guter Leute, den Geschäftsleuten in unseren Stadtteilen zukommen lassen. Es konnte nicht alles umgesetzt werden. In der bunten Parteienlandschaft im Bezirk Nord überwogen ideologische Gedanken. Für einige dieser Politiker war das Wort Bürgerverein schon eine Schande. Bezeichnend für mich war ein Jugendlicher auf einem

Straßenfest an unserem Stand, der mich als Nazi beschimpfte.

Die Bürgervereine, vor allem in den Hansestädten, gestalteten das Bürgertum. Die Gründungsjahre dieser Vereine fanden im 19. Jahrhundert überwiegend in den Hansestädten statt. Mit Sitz in der Bürgerschaft der Hanseatischen Städte. Man darf sie mit recht als die Vorreiter bürgerlicher Mitsprache im Parlament bezeichnen. Erst später entstanden die sogenannten Volksparteien. Unsere alle zwei Monate erscheinende Hohenfelder und Uhlenhorster Rundschau ist eine Informationsquelle. Sie erfreut sich auch in der Gegenwart großer Beliebtheit als eine wichtige Stadtteilzeitung und finanziert sich durch die Anzeigen der ansässigen Geschäfte. Nach dem Tod meines Vorgängers in der Redaktion führte ich dieses Blatt rund fünf Jahre weiter. Es hatte in meiner Zeit eine Auflage von 2.000 Stück.

Für meine Krankheit hatte ich keine Zeit. Ich habe diese in den Jahren 1997 bis 1998 alle viertel Jahr in der Praxis in Bad Schwartau prüfen lassen. Beiden Ärzten Dr. N. und Dr. Renner bin ich noch heute dankbar. Leider ist Dr. N. vor einiger Zeit gestorben. In der Gegenwart besuche ich jährlich Dr. Renner. Im vergangenen Jahr stellte ich fest, dass wir uns seit dem Dezember 1992 kennen. Um die Weihnachtszeit vor 25 Jahren hatte ich Blut im Urin.

In diesem Zusammenhang fällt mir noch eine lustige Anekdote ein. In der Zeit der vierteljährlichen Untersuchungen in der Klinik Bad Schwartau, nahm einmal Dr. Renner die Blasenresektion vor. Noch im Narkoseraum fragt er mich, ob ein Aspirant dabei sein dürfe. Für mich kein Problem. Nun lag ich auf dem Stuhl, unterhalb der Gürtellinie kein Gefühl. Mein Blick ging an die vor mir stehende grüne Wand. Hinter dieser erklärte Dr. Renner dem Aspiranten den Eingriff. Über meinen Kopfhörer hörte ich – wie immer – Beethovens Neunte. Dieses Mal kam mir die Zeit sehr lang vor. Ich setzte den Kopfhörer ab und fragte Dr. Renner, ob es Schwierigkeiten gäbe? Dieser kam pflichtbewusst hinter dem grünen Vorhang hervor und meinte, er müsse sich mit dem Aspiranten für eine Stunde zu einem weiteren Gespräch zurück ziehen. Auf meinen Einwand, dann würde die Narkose bei der Blasenresektion doch keine Wirkung mehr haben, seine Antwort: „Das stehen Sie auch durch" und verschwand hinter der grünen Wand. Nach kurzer Zeit stand er neben mir und sagte: „Lieber Herr Pfeil, es gibt keine Veränderungen." Diese Auskunft machte mich nach jeder OP zum glücklichsten Menschen.

Das sind meine Erlebnisse. Wenn Sie, lieber Leser, mir jetzt gegenüber sitzen und mir sagen: „So etwas kann ich nicht niederschreiben." Ich würde es sofort verstehen. Meine erlebte Krankheitsgeschichte ist nicht übertragbar. In der Gegenwart sprechen wir Menschen von unseren einzigartigen Genen. Ja, wir sind einzigartig und diese Einzigartigkeit hat die Natur uns mit auf unseren Lebensweg gegeben und uns gerade dazu verpflichtet, einzigartig zu sein.

Ich bin kein Kirchgänger, aber trotzdem ein gläubiger Mensch. Meine Ur-Ahnen waren Christen und sie lebten mit Juden zusammen. Besonders in meiner Geburtsstadt Leipzig war dieses Miteinander ausgeprägt. Sind wir Deutschen in der Gegenwart wirklich noch Einzigartige? Helfen wir den Schwachen, vor allen Dingen den sogenannten Alten in Ost und West? Die nach dem 2. Weltkrieg aus den Trümmern unserer Städte wieder einen lebenswerten Raum schufen? Was uns in Deutschland in der heutigen Zeit fehlt, ist eine Person wie Martin Luther. Ein Mensch ohne Furcht und Tadel.

Bevor ich zum Schluss komme, möchte ich dem Lesenden sagen, alles, was ich über meine Krankheit geschrieben habe, ist meine Geschichte. In der Vergangenheit gab es Tage, da konnte ich maximal zwei bis drei Stunden durchhalten. Danach spielte der Körper nicht mehr mit. Die Müdigkeit kam und die Konzentration ließ nach.

Nachwort

Mein Rückblick in die Vergangenheit ist nun zu Ende. Es war eine Zeit, in der ich gelernt habe, wieder zu mir selbst zu finden.

Schon zu meiner Zeit war die Arbeitswelt anders geworden. Vor ein paar Jahren besuchte mich auf unserer Finca in Andalusien ein ehemaliger Geschäftsfreund, er war gerade einmal 55 Jahre alt und hatte einen Hörsturz. Müssen wir Menschen nicht über die heutige, so gepriesene digitalisierte Arbeits- und Freizeitwelt nachdenken? Wir Techniker lernten, neben unserem Studium, die uns zur Verfügung gestellten technischen Mittel zum Nutzen und Erleichterung der Menschheit einzusetzen.

In meiner Arbeitswelt gab es Dinge, die ich als Krebskranker gedanklich verschob oder sogar in meinen grauen Zellen löschte. Es war eine Zeitreise, die mich veränderte. Da hieß es: „Schaffe ich den hochgradigen Krebs, der versucht, mein bisheriges Leben zu vernichten, oder besiegt er mich?" Die Geisel Krebs ist geblieben, eine neue Geisel, die uns erreicht, heißt Digitaltechnik. Warum muss der Mensch ständig erreichbar sein? Um seinen Standort einem Fremden mitteilen zu müssen? Technik zum Wohle der Menschen ja, aber nicht zum überwachen und krank machen.

Bei meinem diesjährigen Besuch auf der Leipziger Buchmesse lernte ich einen jungen Menschen mit seinen 33 Jahren kennen. Er hatte als Bankkaufmann gearbeitet, seinen Arbeitsplatz verlassen müssen. Jetzt stand er als Autor vor mir. Der Titel seines ersten Buches *Endstation Bore-out* zu Deutsch: Stumpfsinnig, langweilig und weitere Begriffe. Er geht heute einer anderen Tätigkeit nach. Ist das nur eine Minderheit oder gar die Spitze eines Eisberges?

In Deutschland wurde 1936 von dem 26 jährigem Konrad Zuse die erste vollständige Rechenmaschine, die den Namen Z1 trug, gebaut. Es war der Grundstein für unsere heutige Computer-Welt. Diese Maschine konnte nicht durch einen EMP-Elektromagnetischen Puls zerstört werden. Im Gegensatz zur heutigen Halbleiter-Technik, die zu jeder Zeit durch äußere Eingriffe zerstört werden kann. Sollten die Gläubigen der Digital-Technik diesen Satz lesen, werden sie mich in der Luft zerreißen. Aber liebe Freunde, denkt einmal in Eurem Leben nach, was Ihr macht. Eure vernetzte Welt beherrscht Ihr schon heute nicht mehr. Sie wird Euch bald total beherrschen, und was macht Ihr dann?

Das sagt ihnen Einer, der 44 Jahre in der Elektrotechnik gelernt, praktisch gearbeitet und studiert hat. Die Entwicklung der Halbleiter Technik zum Wohle der Menschheit mitgestaltet hat. Nicht zum gegenwärtigen

Wahnsinnin der Gegenwart. Die ständige Kontrolle, wo du bist und was tust du. Diese Entwicklung führt die Menschheit zum modernen Sklaventum. Technik zum Wohle der Menschheit ja, aber nicht zur Abhängigkeit, zum ständigen erneuern und zum Wegwerfen.

Mit meiner Lebenseinstellung und erzählten Krankheitsverlauf möchte ich kranken Menschen helfen. Diese Erzählung soll für Sie eine Anregung und zugleich eine Hilfestellung geben. Um Sie heraus zu führen aus dem Tief, was den Namen Krankheit trägt. Suchen Sie Ihren eigenen Weg. Mein beschriebener Weg hat mir geholfen und soll Ihnen helfen, den eigenen Weg zu finden. Das muss keine Schiffsreise sein, es gibt andere Möglichkeiten, zu sich selbst zu finden. Wichtig ist, an das eigene Leben zu glauben, wo eine Krankheit nichts zu suchen hat. Denn Sie und nur Sie, sind einzigartig auf unserer Mutter, genannt Erde.

Mein Dank geht an alle, die mir wieder geholfen haben, dass aus meinem Konzept ein Buch wurde:

Für den Einsteinturm: Dipl. Geologen Ralf Nestler GFZ Zentrum in Potsdam. Für die Korrektur: Sille Pawelzik, Anneliese Pfeil und Thomas Krieger. Für die grafische Umsetzung: Marja Reher. Für das Marketing: Doreen Förtsch.

Weitere Bücher von Horst Pfeil

Hoddel und Anne

Mit oft hintergründigen Sätzen, nimmt er sich selbst oder seine Frau auf den Arm. Er füllt das Buch mit Sätzen, aus dem täglich Erlebten. Mit manch pfiffigem Wortspiel, nimmt er sich und seine Umwelt nicht mehr ernst.

52 Seiten
ISBN 978-3-74-482087-5

Und was nun?

Ein Blick zurück und in die Gegenwart. Die Kriegsjahre, und als 1945 die Befreier kamen. Wie die Vorkriegsjahrgänge um ihre Kindheit gebracht wurden. Danach ohne staatliche Unterstützung ihr Leben selbst in die Hand genommen haben.

64 Seiten
ISBN 978-3-74-489354-1

Susi und ihre Kinder

In diesem Buch erzählen drei Katzen spannende Geschichten aus ihrem Leben auf einer Finca *al-Andalus* in der Provinz Málaga. Ein Buch für Jung und Alt.

46 Seiten
ISBN 978-3-74-317677-5

Mein geliebtes Peru

Ein Reisebericht vor 30 Jahren. Die große Gastfreundschaft der Mittelschicht. Auf der anderen Seite eine nicht absehbare Armut der Ur-Einwohner. Noch heute wird von der monetären Produktionsgesellschaft – nach John Maynard Keynes – der Lebensraum der Ur-Einwohner zerstört.

160 Seiten
ISBN 978-3-74-487443-4